Anatole Le Braz

Les Noces noires de Guernaham

© 2023 Culturea Editions

Texte et illustration de couverture : © domaine public
Edition : Culturea (Hérault, 34)
Contact : infos@culturea.fr
Retrouvez notre catalogue sur http://culturea.fr
Imprimé en Allemagne par Books on Demand
Design typographique : Derek Murphy
Layout : Reedsy (https://reedsy.com/)

Dépôt légal : janvier 2023
Tous droits réservés pour tous pays

ISBN : 9791041915088

Table des matières

1[1]

Le pardon finissait. L'ombre hâtive des nuits d'octobre était descendue sur la petite bourgade bretonne, dénouant les danses, dispersant les couples, le long des routes crépusculaires, à travers le silence des campagnes endormies. Emmanuel Prigent, dont le cœur n'avait pas encore parlé et qui n'avait pas de « douce » à ramener chez elle, demeura un instant sur la place à regarder l'« homme aux chansons » rassembler ses feuilles volantes ; puis, après une courte discussion avec lui-même, il s'achemina vers l'auberge.

Il se sentait triste…La solitude, sans doute ; peut-être aussi une raison plus intime, certain malaise d'âme qui, depuis quelque temps, assombrissait sa pensée, ne lui permettait plus de jouir de la vie, béatement, comme par le passé. En vain s'était-il efforcé de réagir contre ce singulier état d'esprit dont sa cervelle obscure de paysan ne parvenait même pas à débrouiller les causes. Qu'est-ce donc qui avait pu altérer ainsi en lui, peu à peu, la belle source de joie de ses vingt-cinq ans ? Il s'était rendu au pardon de Saint-Sauveur avec l'espoir d'y rencontrer une somnambule, une « voyante » assez lucide pour l'éclairer sur son cas. Connaître sa peine, comme dit le proverbe, c'est déjà la moitié de la guérison. La vieille sibylle qu'il était allé consulter dans son chariot, là-bas, derrière la fontaine, n'avait su que lui débiter des niaiseries, des fariboles, les mêmes exactement qu'elle avait contées à vingt autres, comme de lui assurer, par

---

[1] On appelle « Noces noires », en certains cantons de la montagne bretonne. les secondes noces d'une veuve ou d'un veuf, sans doute parce qu'il en est qui conservent le deuil pour se remarier.

exemple, qu'il se languissait d'amour et que, seule, une brune aurait la vertu de dissiper son mal. Amoureux, lui ! Ah bien ! elle pouvait se flatter de lire dans les cœurs, la somnambule ! Jamais encore il n'avait regardé une femme autrement que pour le plaisir, du temps qu'il était soldat. C'était si vrai qu'à Guerna-ham – où, de domestique principal, il était passé chef de labour depuis la mort du maître –, les servantes, blessées de ce qu'il ne faisait aucune attention à leurs agaceries, l'avaient surnommé Prigent le Dédaigneux. Non qu'il professât pour le sexe le dé-dain qu'on lui attribuait : il n'avait pas les idées tournées de ce côté, voilà tout. Il avait bien assez à s'occuper par ailleurs : un domaine d'environ trente journaux de terres arables à tenir en état, un personnel volontiers indocile, sinon récalcitrant, à ma-nier et à conduire, tout cela dans une maison où il n'était lui-même qu'un subalterne, et sous la direction d'une jeune veuve sans expérience, à peine émancipée du couvent par quelques mois d'un mariage qui n'avait été pour elle qu'une agonie, qu'une passion, et dont elle n'avait pas fini de se remettre !... Pauvre Renée-Anne, si frêle, si menue et, comme on dit à la campagne, si « demoiselle », comment son père, le vieux Guyomar, avait-il pu la laisser épouser ce Constant Dagorn cette brute ?...

2

C'est à Lyon-sur-Rhône – où il était pour lors en garnison – qu'Emmanuel avait appris les noces de sa parente ; car elle était un peu sa cousine à la mode de Bretagne, cette riche héritière, les Prigent et les Guyomar ayant mêlé leurs sangs autrefois, quand les ancêtres dont il était issu faisaient encore figure parmi les notables de la paroisse.

– La malheureuse ! s'était-il écrié, en repliant la lettre qui lui avait apporté la nouvelle.

Il ne connaissait que trop le Dagorn pour s'être rencontré avec lui en maintes occasions, aux charrois d'automne, aux assemblées de printemps ; et tout de suite sa première pensée avait été pour plaindre la délicate Renée-Anne de tomber entre les mains de ce rustre, de cette espèce d'hercule paysan qui tenait moins de l'homme que du taureau dont il avait la force, les colères aveugles et aussi la stupidité. Jamais, toutefois, il n'eût osé concevoir, même d'un tel être, les abominables violences auxquelles il dut assister à Guernaham. Le hasard avait voulu qu'à son retour du service la place de valet de charrue fût vacante chez Constant Dagorn « Personne n'y reste, affirmait-on de toutes parts au soldat libéré : mieux vaut se faire ramasseur de crottin sur les routes que d'accepter de vivre dans un pareil enfer ! » Ce fut peut-être la raison qui, plus encore que la nécessité d'assurer sa subsistance, décida Emmanuel Prigent à se présenter. Dès qu'il eut exposé le but de sa démarche, il crut lire une sorte de gratitude attendrie dans le regard que fixa sur lui Renée-Anne. Quant à Dagorn, dont l'haleine empestait l'alcool, il marqua une satisfaction goguenarde de voir s'offrir chez lui, comme domestique, un jeune homme de sa parenté. « Tope là ! » bégaya-t-il d'une voix pâteuse, et, pour arroser le pacte, il força le nouveau « charrueur » de vider avec lui une bouteille de genièvre aux trois quarts bue depuis le matin.

Car, les dernières lueurs d'une intelligence qui n'avait jamais brillé que d'une flamme incertaine, il achevait de les perdre dans l'ivrognerie, le misérable ! Et d'autres vices lui étaient venus, des vices abjects, innommables, qui n'étaient plus d'un chrétien, mais d'une bête... Oh ! ce premier hiver à Guernaham ! Emmanuel en avait gardé une impression sinistre. Il couchait, selon l'usage, dans l'écurie, avec les chevaux. Parfois, très avant dans la nuit, le matin déjà proche, il entendait Dagorn entrer, en s'épaulant aux murs, dans le logis d'habitation que les maîtres occupaient seuls. Et de l'intérieur de la cuisine, où était leur lit – le lit héréditaire, à gauche de l'âtre –, s'échappaient soudain des jurements, des vociférations obscènes, suivis d'un bruit sourd de piétinements et de coups. Alors, entre ses draps de toile bise, tout son corps bouillait : il brûlait d'envie de se lever, de courir au monstre, de l'empoigner à la nuque et de lui ployer la tête à terre, comme on fait pour les bœufs affolés. Mais il n'osait, à cause de Renée-Anne. Il sentait confusément que son intervention, en ces occurrences pénibles, l'eût froissée au plus profond de ses pudeurs de femme. Il n'avait pas été sans remarquer de quelle réserve, chaque jour plus hautaine, elle s'enveloppait dans son martyre. Ne poussait-elle pas l'héroïsme jusqu'à prendre devant son père la défense de son mari, jusqu'à feindre aux regards du monde des gestes d'une tendresse câline pour ce bourreau bestial et répugnant ?

Une nuit, cependant, par extraordinaire, elle avait appelé Emmanuel à son aide. Ivre mort, le Dagorn avait buté contre la marche du seuil et s'était allongé à la renverse, la face baignant à demi dans le purin de la cour. Trop faible pour soulever cette masse, Renée-Anne vint heurter à l'huis de la crèche, héla doucement son cousin. À eux deux ils avaient transporté l'homme dans le lit et lavé ses souillures immondes. Puis, après quelques paroles de remerciement, la jeune femme, en congédiant Emmanuel, avait ajouté :

– Inutile d'ébruiter la chose, n'est-ce pas ?... C'est, d'ailleurs, la première fois que cela arrive. D'ordinaire, il tient mieux la boisson.

Cette chute avait dû casser quelque ressort vital dans la puissante organisation de Constant Dagorn. À partir de ce moment, on le vit décliner de jour en jour. Ses muscles de fer s'amollirent, sa chair énorme coula, des taches de lèpre cadavérique se montrèrent çà et là sur sa peau, comme si le travail de la mort était commencé. Il ne parut plus aux champs, renonça même à se traîner aux cabarets d'alentour. Mais, au lieu de s'éteindre, sa fureur de boire s'était exaspérée. Il s'imaginait puiser dans les bouteilles un élixir de vie capable de réparer les forces qui l'abandonnaient. Il avait des regards, des gestes de fou. Des luxures étranges, nées de l'alcool, hantaient son cerveau. On était aux mois tièdes, dans la saison des foins. Le débraillement des faneuses qui rentraient en sueur, leur chemise de chanvre collée à leurs seins, excitait chez lui des rires convulsifs, faisait passer dans ses yeux des désirs effrayants de damné. Et, le soir, après la clôture des portes, les scènes de ménage continuaient de plus belle.

– Il ne crèvera pas avant de l'avoir tuée ! se disait le charrueur en prêtant l'oreille à ce sabbat, à cette horrible « messe noire » dont Renée-Anne était l'hostie douloureuse, farouchement résignée.

S'il n'avait bondi à son secours, malgré elle, certain soir de juillet, on l'eût assurément couchée morte, le lendemain, dans le cimetière de la paroisse. Il frémissait encore d'indignation, à ce souvenir, et aussi d'une autre sorte de trouble qu'il ne s'expliquait pas…C'était un dimanche. Il s'était attardé au bourg à jouer aux quilles. En traversant l'aire pour gagner son étable, il vit la fenêtre de la cuisine éclairée. Par instants, une ombre passait, avec des gesticulations bizarres. Une curiosité le prit, une irrésistible envie de *savoir*. Il s'approcha sur la pointe des pieds, appuya son front à la vitre et demeura quelques minutes hébété, refusant d'en croire ses yeux, figé comme devant le spectacle d'une abomination de l'enfer. Cette brute satanique de Dagorn allait et venait d'un bout à l'autre de la pièce, un grand fouet de charroi dans sa main droite et, tordue comme une longe autour de son poignet gauche, la brune chevelure de Renée-Anne dont le corps, presque entièrement dévêtu, traînait sur les dalles, tout strié par les coups de fouet d'un réseau de marbrures sanguinolentes... Briser un carreau, faire sauter l'espagnolette intérieure, franchir la fenêtre et la table, terrasser le monstre abasourdi par la brusquerie de l'attaque, ce fut pour Emmanuel Prigent l'affaire de vingt secondes. Avec la courroie du fouet, il garrotta solidement les jambes de l'homme : « Toi, murmura-t-il, d'ici quelque temps tu ne bougeras plus ! » Mais, quand il fut pour soulever le corps évanoui de la jeune femme, il hésita, perdit la tête, ne sut que s'agenouiller auprès d'elle, et l'appeler tout bas, d'une voix peureuse, d'une voix qui tremblait :

– Renée-Anne !...Renée-Anne !...

Sa gorge, quasi enfantine, était découverte, laissait voir un coin de chair blanche, d'une pâleur nacrée. Il se dépouilla de sa veste et l'étendit religieusement sur elle. Dans ce mouvement, ses doigts la frôlèrent ; elle rouvrit les yeux. Alors, lui, par crainte qu'elle ne lui sût mauvais gré d'être là et de l'avoir surprise en ce désordre, il s'enfuit...

Ni le lendemain, ni jamais depuis, Renée-Anne n'avait fait une allusion à ce qui avait pu se passer. Quant au Dagorn, il eût été fort en peine de manifester un ressentiment quelconque. Sa fureur d'avoir été mis, par son domestique, momentanément hors d'état de nuire lui était montée à la tête en un transport de sang. Et, du coup, pensée, mémoire, l'usage même de la parole, tout était parti. Il avait pourtant vécu des semaines encore, soigné, veillé par sa femme, tandis que sa propre parenté faisait allumer des cierges devant saint Tu-pé-du, pour lui obtenir un prompt trépas. La délivrance était enfin venue, un jour d'août, comme on achevait de battre la moisson. Et ç'avait été un soulagement universel qui se fût peut-être traduit d'une façon peu décente, n'eût été le respect d'un chacun pour la tristesse sans affectation de Renée-Anne, la « nouvelle veuve ».

Le soir même des obsèques, celle-ci avait pris à part Emmanuel Prigent.

– Tu es un peu de notre famille, lui dit-elle, et je n'ai pas été sans voir que tu avais de l'intérêt pour nos champs. Veux-tu me continuer tes services ? Tu auras la surveillance de la terre et tes gages seront doublés.

Il avait fait oui de la tête, sans pouvoir proférer une parole de remerciement, dans l'émotion de sa surprise et de sa joie. Car il s'était attaché à ce Guernaham « où personne ne restait », et tout lui en était devenu cher, la maison, les granges, les étables, les labours, jusqu'aux cressonnières des douves, dans les chemins creux, jusqu'aux semis de lande, sur le talus. Renée-Anne l'eût prié, ma foi ! d'y demeurer pour rien, fût-ce en qualité de gardeur de vaches, qu'il eût accepté…Or, voici que depuis deux mois, il y commandait en maître, sur les hommes et sur les harnais. Les débuts, certes, avaient été pénibles : les autres domestiques s'étaient obstinés longtemps à ne considérer en lui qu'un de leurs pairs, discutant ses ordres, se refusant même à les accomplir. Mais il avait fini par dompter les plus rebelles. Si l'on grommelait parfois encore, quand il avait le dos tourné, du moins on obéissait. De l'avis du vieux Guyomar, le père de la veuve, qui faisait une apparition chez elle de temps à autre, jamais les choses n'avaient aussi bien marché à Guernaham. Renée-Anne, de son côté, se montrait ravie. Bref, il n'avait de toute manière qu'à se louer de sa condition présente. Pourquoi donc cette amertume qui, insensiblement, s'était levée en lui, gagnant toute l'âme et voilant d'une tristesse subtile les pacifiques images de son bonheur ?

3

— Cela va toujours, au manoir ? demanda Jozon Thépaut, l'aubergiste, lorsqu'il aperçut dans le cadre de la porte la haute silhouette élancée du charrueur.

— Toujours, répondit Emmanuel d'une voix distraite.

Il promena son regard dans la salle, cherchant quelque figure de connaissance parmi les groupes de buveurs attablés. Mais les jeunes hommes de son âge étaient tous partis reconduire leurs danseuses à la maison familiale, ainsi qu'il est de mode en Bretagne, les soirs de pardon. Il n'y avait là que des « étrangers », des gens des paroisses avoisinantes, venus en pèlerinage à Saint-Sauveur, et qui, leurs ablutions terminées à la fontaine, s'arrosaient maintenant l'intérieur du corps, selon le rite, tandis que les montures bridées et sellées piaffaient d'impatience dans la cour. Emmanuel allait s'asseoir à l'écart quand, du fond de la pièce, un paysan qu'il n'avait pas remarqué l'interpella :

— Çà ! dit l'homme, tu as donc pris de l'orgueil en prenant du grade, que tu ne daignes plus saluer ton ancien ?

Le charrueur riposta en riant :

— Dame ! tu me tournais le dos, Jean Marzin, et ton nom n'est pas écrit sur le collet de ta veste.

Ce Jean Marzin était précisément le valet de ferme qu'il avait remplacé à Guernaham. Ils rapprochèrent leurs tabourets et se mirent à deviser à la façon bretonne, par phrases courtes, interrompues de longs silences.

— Et où es-tu gagé pour l'instant ? demanda Emmanuel.

— À trois lieues d'ici, dans la montagne, chez les Menguy de Rozviliou.

— Tout de même, tu n'as pas voulu manquer le pardon de Saint-Sauveur ?

— Oh ! ce n'est pas moi... c'est mon jeune maître... Il m'a dit, sur les deux heures, cet après-midi, d'atteler le char à bancs... Et nous n'avons pas langui en route, je t'assure. Mais s'il était pressé d'arriver, il n'est pas pressé de repartir, en revanche. L'angélus du soir est sonné, et je l'attends encore.

— Il faut bien qu'on s'acquitte de toutes ses dévotions, mon cher.

— Oui, des dévotions à Notre-Dame du mariage !... Et sais-tu dans quelle église ? Au fait, tu l'as peut-être rencontré.

— Moi ? Où ça ?

— À Guernaham, donc !

Emmanuel se sentit devenir tout pâle. On lui eût porté un coup de poing entre les deux yeux, en plein visage, qu'il n'eût pas éprouvé une commotion plus violente. L'autre, attentif seulement à bourrer sa pipe, continua d'un ton calme :

— Je prévoyais cela. Depuis les funérailles de Dagorn, il n'était guère de jour qu'il ne m'interrogeât sur Guernaham, sur la contenance du domaine, sur la valeur des terres et celle du bétail... Quand, au carrefour des Cinq-Croix, il a tiré sur la bride de la jument pour la lancer dans la descente de Saint-Sauveur, je me suis dit : « Ça y est : il va nouer commerce avec la veuve ! » Il faut croire que sa conversation n'aura point paru déplaisante, puisqu'elle dure encore, la nuit tombée. Qu'est-ce que tu en penses, camarade ?

— Rien, sinon que Renée-Anne n'est peut-être pas assez guérie de son premier mari pour avoir tant hâte d'en prendre un second.

– Le Menguy est beau garçon et, comme il a été aux écoles de la ville, il sait la manière de parler aux femmes…Ça te vexe donc, que tu te lèves ?

Le charrueur, un peu nerveux, venait de vider son verre d'un trait. Marzin poursuivit :

– Certes, tu as tout à gagner à ce que le veuvage de ta maîtresse ne finisse jamais…Il est plus agréable de commander que d'obéir… Mais Renée-Anne a vingt-deux ans et Guernaham, si j'ai bonne mémoire, compte sous blé, sous taillis et sous lande, plus de cinquante journaux…Va, si ce n'est pas Menguy, ce sera un autre !

– Soit, conclut Emmanuel. En attendant, j'ai mes bêtes à soigner…Bonsoir, Marzin !

– Bonne chance, Prigent !

C'était, dehors, une douce nuit d'arrière-saison, ouatée de petites nues floconneuses, avec des trous de ciel, d'un bleu d'ardoise, où clignotaient des lueurs d'étoiles. Le charrueur traversa rapidement la place, contourna le mur du cimetière, et, les dernières maisons de la bourgade dépassées, s'arrêta brusquement pour respirer avec force, humant l'air de tous côtés, comme indécis sur la direction à prendre. Le chemin de Guernaham s'amorçait à droite, entre deux hauts talus au-dessus desquels s'arrondissaient en voûte des frondaisons encore touffues de chênes nains et de coudriers. C'est par là qu'il rentrait d'habitude, pour être plus vite rendu à la ferme. Mais, cette fois, au moment de s'y engager, le cœur lui faillit. Il songea qu'il allait peut-être s'y croiser avec le fils de Rozviliou, et cette idée lui fut pénible. Il se sentait une colère sourde contre cet homme dont, quelques minutes plus tôt, il soupçonnait à peine l'existence.

– C'est étrange, se dit-il, je n'ai pas bu de quoi troubler la cervelle d'un oiseau et j'ai pourtant comme une fureur d'eau-de-vie dans les veines. Le mieux est de faire le grand tour, par les champs. La fraîcheur me calmera.

Il poussa plus avant, sur la route vicinale de Saint-Sauveur à Lannion, jusqu'à un échalier de pierre par où l'on pénétrait dans les cultures. Ses pieds baignèrent dans l'humidité des gazons. Des chanvres qu'on avait laissés en terre pour porter graine lui frôlèrent le visage de leur rosée. Peu à peu, la marche détendit ses nerfs et la vertu apaisante des choses nocturnes agit sur sa fièvre à la façon d'un baume. Ses pensées se tassèrent en lui, comme les tranquilles nuées d'argent, là-haut, dans la profondeur du ciel automnal ; et, tout en cheminant, il se raisonna... Pourquoi donc en voudrait-il au Menguy ? Est-ce que ce n'était pas le droit d'un chacun de fréquenter à Guernaham ?... Il y faudrait peut-être sa permission maintenant !... Qu'avait-il, dans la maison, qui fût à lui ? Ses hardes, et voilà tout ! Un maigre baluchon de domestique qu'il avait apporté à la main, noué dans un mouchoir, et qu'il remporterait de même, un jour à venir, quand on n'aurait plus besoin de ses services !... Alors ! de quoi se mêlait-il ?

« Va, si ce n'est pas Menguy, ce sera un autre !...»

Cette phrase de Jean Marzin lui frappa de nouveau l'oreille, comme chuchotée par les esprits invisibles de la nuit. Il se la répéta mentalement, à plusieurs reprises, oh ! sans animosité (il n'en avait plus contre personne), mais avec un sentiment si douloureux qu'il lui sembla que cela lui faisait mal dans tout l'être. *Un autre !... Un autre !...* C'était pourtant certain que, tôt ou tard, Renée-Anne se remarierait avec un autre. Et cet autre ne serait pas lui !...Du coup, il vit clair dans l'inexplicable tristesse qui, depuis des semaines, depuis des mois, lui assombrissait l'âme. Une sorte de percée lumineuse se fit en lui, pareille à ces puits de firmament, constellés d'astres, qui s'ouvraient entre les rebords immobiles des nuages, au-dessus de sa tête. Ce fut comme le jaillissement impétueux d'une eau souterraine, d'une source cachée. La somnambule d'auprès de la fontaine avait dit juste : il aimait… Guernaham, les labours, les bêtes, qu'ils devinssent le lot de n'importe qui, cela lui était égal. Mais Renée-Anne, si on le privait d'elle, il n'avait plus qu'à mourir !

Par bonheur, il avait atteint l'aire de la ferme, car il n'aurait plus eu la force d'aller. Une meule de foin était là, creusée à sa base en forme de grotte, à cause des brassées de provende qu'on en tirait journellement pour les chevaux. Emmanuel s'y blottit, et, enfoui dans la litière odorante, se mit à sangloter désespérément comme un orphelin sans demeure, comme un pauvre enfant perdu.

4

— Vous seriez mieux dans votre lit pour cuver le vin du pardon, disait une voix de femme, un peu tremblante, avec quelque chose, dans l'accent, de sévère et de contristé tout ensemble.

Le charrueur écarta l'énorme chien de garde qui lui promenait la langue sur la face, léchant ses larmes, secoua le foin qui s'était accroché à ses vêtements et se tint debout devant Renée-Anne. Elle était éclairée comme d'un nimbe par la lune, dont le disque bleuâtre commençait à dépasser la cime des pins plantés en bordure de l'aire, pour la protéger des vents d'est. Droite et mince en sa longue robe noire et sous son grand châle de veuve, elle reprit :

— Quand j'ai vu que la nuit s'avançait, j'ai craint qu'il ne vous fût arrivé malheur. Alors, j'ai détaché Turc et je lui ai dit : « Cherche ! » Il y a plus de deux heures que votre soupe vous attend auprès du feu. Vous êtes comme les autres, paraît-il : boire vous empêche d'avoir faim.

— Vous vous trompez, Renée-Anne, répondit Emmanuel en rompant lui aussi, à l'exemple de sa cousine, avec le tutoiement qui leur était habituel et que l'usage autorise, du reste, en Bretagne, entre gens de toute condition. Ce n'est certainement pas ce que j'ai bu à l'auberge qui aurait pu me couper l'appétit.

Elle eut un léger haussement d'épaules. Puis, d'un ton quelque peu radouci :

— Viens donc. Tu mangeras, si tu veux. En tout cas, avant que tu te couches, j'ai à te consulter.

Elle se dirigea vers la ferme où Emmanuel ne tarda pas à la rejoindre, après qu'il eut ramené Turc au chenil, situé de l'autre côté des bâtiments, contre le porche de la cour principale. Les sentiments les plus divers et les plus confus se disputaient l'âme du charrueur. La désobligeante et si injuste supposition de Renée-Anne l'avait blessé au vif. Ivre ! Elle l'avait cru ivre ! Et cela, tandis que navré d'amour…Non ! vrai, ce n'était pas le moment de le traiter de la sorte…Mais, tout aussitôt, il réfléchissait que, faible encore et de santé si débile, elle avait eu la bonté de veiller pour l'attendre, de lui garder au feu sa soupe chaude, et finalement de s'inquiéter de lui jusqu'à se mettre à sa recherche, sans autre escorte que le vieux chien, malgré l'heure peu rassurante, malgré la nuit. Toute sa rancune fondait à cette pensée. Restait néanmoins un point noir : cette consultation !… C'était donc bien pressé et bien grave, que Renée-Anne tenait à s'en expliquer sur-le-champ ? Qu'allait-elle lui demander ou lui apprendre ? Ses accordailles peut-être… avec le fils de Rozviliou !…Il en avait une sueur froide, une sueur d'angoisse, au point qu'il dut s'éponger le front du revers de sa manche avant d'attaquer l'écuellée de potage fumant que la veuve venait de déposer devant lui sur la table.

Elle, cependant, assise sur le banc de son lit clos, près de l'âtre, enveloppait de cendre les tisons, de façon que la braise couvât jusqu'au lendemain et qu'on n'eût, au lever, qu'à en raviver la flamme. Après quelques minutes d'un silence troublé seulement par les grands coups sourds du balancier de l'horloge, s'étant aperçue qu'Emmanuel ne mangeait plus, elle se rapprocha.

– C'est ta faute, dit-elle, si j'ai porté sur toi un mauvais jugement… Une autre fois, épargne-moi ces peurs. Quelle idée aussi d'aller te fourrer dans le foin, en cette saison !

– J'ai su que tu avais du monde. J'ai craint d'être un gêneur, de tomber mal à propos.

Elle repartit du ton le plus naturel :

— En quoi, un gêneur ? Est-ce que tu n'es pas pour moi comme si tu étais de la maison ?... Et moi qui priais l'aîné des Menguy de patienter jusqu'à ton retour, sûre que tu rentrerais au brun de nuit ! Car c'est tout le monde que j'ai eu, ce Menguy. Il paraît que leur froment n'a presque pas donné de paille, cette année, dans la montagne. Il en voudrait quelques milliers et nous céderait une paire de bœufs en échange, de leurs bœufs de là-haut, petits et trapus. J'ai répondu que je ne pouvais rien décider sans toi, que ces sortes de choses te regardaient. Comme tu n'arrivais pas, les étoiles déjà claires, il a pris congé, non sans beaucoup d'ennui. Il a grand défaut de cette paille et souhaite de l'avoir dès demain, si nous consentons au marché. Qu'en dis-tu, Emmanuel ?

— Je dis qu'au prix où sont les bœufs tu aurais tort de refuser le cadeau de Menguy.

— Le cadeau ?... fit la jeune femme dont les joues pâles se colorèrent d'une rougeur subite. Je n'ai, s'il te plaît, de cadeaux à recevoir ni du fils Menguy, ni de personne.

— Il n'y a pas d'autre nom pour désigner une offre aussi invraisemblable, prononça le charrueur, ou bien il faut que l'aîné des Rozviliou soit un benêt.

Son irritation de tantôt lui était revenue et vibrait, malgré lui, dans sa voix. Renée-Anne fixa sur lui ses beaux yeux graves.

— Tu m'étonnes, dit-elle. Est-ce que tu subirais les influences de la lune, par hasard ?... J'ignore ce que tu peux avoir contre Jérôme Menguy. Je l'ai trouvé, quant à moi, d'une tenue parfaite et d'une conversation fort agréable. C'est au moins un homme bien appris. On voit qu'il a reçu de l'instruction et qu'il lui en est resté quelque chose. Ce n'est pas pour dire, Emmanuel Prigent, mais il serait à souhaiter qu'il y eût dans nos campagnes beaucoup de paysans comme celui-là.

— C'est assez pour toi qu'il y en ait un ! ricana le laboureur.

Chacune des phrases de Renée-Anne avait pénétré en lui jusqu'aux fibres profondes, irritant sa plaie secrète, son amour douloureux et saignant. Il ajouta le plus posément qu'il put avec un calme affecté :

– Tu voudras bien, je pense, me garder cet hiver encore à Guernaham. L'hiver est une mauvaise saison pour se placer... D'ailleurs, la loi ne te permet pas de te remarier avant la Pentecôte.

Rencognée dans l'embrasure de la fenêtre, Renée-Anne écoutait son cousin sans comprendre. À quoi tout cela rimait-il ? Les dernières paroles enfin l'éclairèrent. Une stupeur attristée se peignit sur son visage et deux larmes tremblèrent à la pointe de ses grands cils. Mais elle se ressaisit aussi vite et, d'un violent effort, maîtrisa son émotion.

– Emmanuel, déclara-t-elle d'une voix ferme, quand nous avons fait nos conventions, je t'ai dit : « Tu auras tout pouvoir sur les hommes et sur les travaux des champs. » Il ne me souvient pas que je t'aie chargé du soin de ma conduite. Mêle-toi donc de ce qui te regarde. Je t'ai choisi pour être mon chef de culture, non pour être mon confesseur. Je te croyais plus de sens et un cœur moins brutal. Il m'avait semblé remarquer en toi une générosité native qui t'élevait à mes yeux au-dessus de ton état. Mais il y a décidément un savoir-vivre qui ne s'apprend ni à la caserne, ni au labour. Tu m'as outragée grossièrement. À cause de ton ignorance des usages, je te pardonne. Seulement, tiens-toi pour averti. Une autre fois, je ne pardonnerai plus...Et maintenant, va te coucher. J'entends que, demain, au chant du coq, il y ait quatre charretées de paille en route pour Rozviliou.

Le charrueur n'essaya pas de répliquer. Il avait la tête brûlante et vide, la gorge serrée, la vue si trouble qu'il n'aperçut même pas la lanterne allumée que Renée-Anne lui tendait. Il sortit de la cuisine en chancelant, suivit le couloir à tâtons et, la porte tirée derrière lui, se laissa tomber sur les marches extérieures. Il n'avait plus ni sentiment, ni pensée. C'était comme s'il eût assisté, mort lui-même, à la mort, à la fin de tout. La nuit muette, la mélancolique nuit d'automne où fermentaient de vagues odeurs de moisissure et de décomposition lui apparut comme un sépulcre immense, et les astres, là-haut, avec leurs dures et froides lueurs d'acier, lui firent l'effet de clous épars dans le couvercle d'un vaste cercueil.

Soudain, de l'autre côté de la muraille, dans la maison, une voix douce commença :

– *Ma Doué, mé gréd fermamant...*[2]

C'était Renée-Anne qui récitait ses grâces, avant de se mettre au lit. D'une lèvre machinale, il répondit : *Amen !* Puis, à travers le tapis de fougères séchées qui jonchaient la cour, il gagna l'écurie.

---

[2] Mon Dieu, je crois fermement...

5

La Saint-Sauveur clôt l'ère des pardons, dans cette région fromentale du haut Trégor qui fait lisière entre les dernières pentes des monts d'Arrée et les plateaux ondulés du « pays de la mer ». Passé la Saint-Sauveur, adieu les réjouissances ! Les « mois noirs » sont proches. Dans les fermes aisées, les domestiques les voient venir, non seulement sans appréhension, mais avec un secret plaisir. L'hiver est, pour eux, le temps du repos. S'il coupe court aux divertissements publics, aux assemblées en plein air, il est aussi le père des journées brèves et des longues soirées paisibles au coin du feu. Les semailles terminées, à vrai dire on ne travaille plus : on « bricole ». Quelques talus à réparer avant l'époque des grandes pluies, les routes à empierrer, les chaumes des toits à consolider contre les rafales, le lin sec à broyer dans la grange, c'est à peu près toute la besogne, depuis les glas de la commémoration des défunts jusqu'à la procession des cierges, à la Chandeleur. La nuit, libre à chacun de dormir, s'il lui plaît, ses dix heures d'affilée. Dès la tombée des ténèbres, la soupe est sur la table, ou bien la chaudronnée de bouillie, sur son trépied de bois, au milieu de la cuisine. Après le repas, la prière en commun, ainsi qu'aux vieux âges patriarcaux. Puis, qui veut se retire. Le plus souvent, on préfère veiller avec les maîtres.

Elles sont le charme de la vie rustique, en Bretagne, ces veillées, et la manifestation peut-être la plus significative de l'antique esprit des clans. Il n'y a pas, en effet, que les gens de la maison à y prendre part. Toute demeure de quelque conséquence devient un lieu de rendez-vous traditionnel pour les paysans moins fortunés d'alentour. On s'y achemine par bandes, de tout le parage. Les hommes apportent du chanvre à éfibrer, les femmes arrivent leur fuseau à la main et la quenouille attachée par un ruban sous l'aisselle. Chacun s'installe où il trouve place. Quiconque se présente est le bien accueilli. Il n'y a d'exception pour personne, pas même pour les mendiants en quête d'un gîte ni pour la race aventureuse des colporteurs de chansons ou des marchands d'images. À tous la ménagère dit, sur un ton en quelque sorte sacramentel :

– Prenez un escabeau et approchez-vous du feu.

Ce sont de véritables assises nocturnes, et qui ne laissent pas d'avoir une certaine solennité. Nul ne parle qu'à son tour, et s'il y est invité par le maître du logis. Celui-ci préside avec une simplicité débonnaire, du fond de son fauteuil de chêne massif, érigé comme un trône à l'un des angles du foyer. De temps à autre, durant les intervalles de silence où l'on bourre les pipes, il cligne de l'œil à sa femme pour qu'elle fasse circuler, dans l'écuelle de terre jaune, le cidre chaud, délieur de langues...

L'hiver d'avant, à Guernaham, on n'avait guère eu de cœur à veiller. La présence de Dagorn, les soirs où il ne s'oubliait pas dans les auberges mal famées des environs, était pour tous une cause de gêne, sinon d'épouvante. On tremblait sans cesse qu'il ne se livrât à quelque excentricité dangereuse.

N'avait-il pas eu l'idée, une fois, par manière de plaisanterie, de mettre le feu à la veste en peau de mouton du pâtre ? Absent, il terrorisait encore les âmes. C'est à peine si l'on osait respirer, dans la crainte de le voir entrer tout à coup, les yeux hagards, le bâton levé, en proie à toutes les démences de l'alcool. D'ailleurs, n'aurait-on pas eu cette angoisse, la pâle et silencieuse figure de Renée-Anne, abîmée en d'amères songeries, eût suffi à bannir des veillées de Guernaham toute expansion et toute joie. L'ombre de sa tristesse gagnait autour d'elle tous les visages, et l'on baissait la voix, pour échanger de rares propos, comme dans la chambre d'un agonisant ou d'un mort.

Il n'en allait plus de même cette année, Dieu merci ! Le stupide et monstrueux Dagorn gisait à cette heure dans le cimetière du bourg, enfoui à plusieurs pieds de profondeur, sous une énorme dalle de granit bleu dont le tailleur de pierre qui l'avait sculptée avait dit, en la cimentant :

– Du diable si celle-ci ne le maintient pas en repos pour jamais !

Quant à la veuve, si elle avait encore un peu son air de fleur qu'un sabot de rustre a froissée, on la sentait toutefois redressée à demi, riche déjà d'une sève nouvelle et ne demandant qu'à s'épanouir... Dès qu'on sut dans le quartier que les veillées d'hiver étaient commencées à Guernaham, les gens accoururent ; et non seulement ceux du voisinage, mais quantité d'autres, des points les plus éloignés. Beaucoup de jeunes hommes, dans le nombre, des fils de bonnes familles paysannes, déserteurs de leurs propres manoirs. Ceux-là, les servantes se faisaient un malin plaisir de les taquiner à mots couverts :

– C'est donc que notre chandelle éclaire mieux, s'informaient-elles, ou qu'il fait plus chaud à notre foyer ?

Personne, au reste, n'ignorait qu'ils venaient pour les beaux yeux de la veuve, avec le secret espoir qu'elle finirait bien, un jour ou l'autre, par se décider en faveur de l'un d'eux. Elle les recevait le plus obligeamment du monde, en maîtresse de maison qui connaît ses devoirs, mais sans jamais se départir à leur endroit de ses façons de « demoiselle » un peu fière, qui excluaient par avance toute familiarité. Cette réserve, loin de les mécontenter, stimula leur zèle ; ils n'en furent que plus assidus. La patience est une vertu bretonne. Puis, quoi qu'il advînt, c'étaient toujours quelques bonnes heures à passer ; le lieu était confortable, la compagnie récréative, et le cidre de Guernaham réputé à juste titre pour être le meilleur du canton.

Seul Emmanuel Prigent s'abstint de paraître à ces réunions. Pourquoi ? Il en avait donné à Renée-Anne une raison assez médiocre. C'était peu de jours après la fameuse nuit du pardon de Saint-Sauveur – des jours pendant lesquels ils s'étaient renfermés l'un vis-à-vis de l'autre, lui, dans un mutisme sombre, elle, dans une attitude distante et presque glacée. Brusquement, un samedi soir, le premier samedi de novembre, comme il rentrait avec les chevaux d'une lande qu'il avait entrepris de défricher pour occuper son hiver, il avait trouvé Renée-Anne qui le guettait adossée, malgré la fraîcheur, à l'un des ormes de l'avenue.

— Emmanuel, descends ; j'ai besoin de te parler.

Il avait sauté à bas de la jument qu'il montait et ils avaient cheminé côte à côte, sous les grands arbres noirs, d'où se détachaient, au moindre souffle de vent, des tourbillons de feuilles flétries.

— Voici. Bien que je ne sois guère d'humeur à me complaire en des sociétés nombreuses, je sais ce que mon rang m'impose, et qu'il y a des coutumes établies auxquelles mon deuil même ne m'autorise pas à me dérober. La porte de Guernaham sera donc ouverte, dès lundi, à quiconque y voudra veiller. Seulement, je ne suis pas encore très en état de faire les honneurs de chez moi, comme il conviendrait. J'ai pensé que, si je t'en priais, tu m'y aiderais peut-être... L'année dernière, sans toi, on serait mort d'ennui... Et puis, il est bon qu'il y ait un homme, quelqu'un d'écouté, comme toi, capable de diriger la conversation et, s'il est nécessaire, de la retenir, quelqu'un enfin qui... Bref, je te demande, tant que dureront ces veillées, d'occuper en face de moi, à droite de l'âtre, le siège vacant du maître qui n'est plus.

Contrairement à l'attente de la jeune femme qui ne doutait point qu'une telle démarche – surtout après ce qui s'était passé entre eux – ne le flattât dans son amour-propre, le charrueur avait répondu, en hochant la tête :

— Je regrette beaucoup, Renée-Anne, mais je ne puis accepter. Je n'assisterai pas aux veillées de Guernaham, cet hiver.

— Ah !...Tu as la bouderie longue, Emmanuel.

– Je ne te boude pas… Je n'ai contre toi aucun mauvais sentiment… aucun, en vérité ! répéta-t-il avec un accent profond ; je désire avoir à moi mes nuits, voilà tout.

Et, montrant les chevaux qui suivaient au bout de leurs longes, les paupières mi-closes, les jarrets gourds :

– Demande plutôt à ces bêtes ; quand on a peiné, tout le jour, à défricher de la lande, on n'a plus envie de rien, si ce n'est de sommeil. À qui est le premier au travail, il est permis d'être le premier au lit.

– C'est juste, avait déclaré la veuve d'un ton sec.

Alors, lui, avec une bonhomie feinte :

– D'ailleurs, sois tranquille, ce n'est pas les chefs de veillée qui te manqueront. Tu n'auras que l'embarras du choix. Il t'en viendra de partout et, quel que soit celui que tu désignes, il remplira toujours mieux qu'un domestique le fauteuil du maître défunt.

Ils arrivaient au portail. Elle lui avait tourné les talons sans répondre.

6

L'abstention du charrueur prêta, dans les débuts, à des commentaires de toutes sortes. Le personnel de la ferme surtout, qui le jalousait, en prit prétexte pour se gausser à ses dépens.

— Il est devenu trop « monsieur », affirmaient les valets de labour ; il croirait s'abaisser, voyez-vous, s'il teillait benoîtement du chanvre en notre compagnie.

Les servantes, d'esprit plus subtil et de langue plus acérée, insinuaient :

— Il y a peut-être, pour Emmanuel le Dédaigneux, des veillées plus intéressantes que celles de Guernaham.

Et elles faisaient remarquer que depuis le pardon de Saint-Sauveur il n'était plus le même, ce Prigent. Pour sûr, il devait avoir des chagrins de cœur. Il ne riait plus, il parlait à peine. Le pâtre ne prétendait-il pas l'avoir vu entrer dans la carriole peinte de la somnambule, derrière la fontaine sacrée ? Il avait, d'ailleurs, les yeux qui ne trompent point, les yeux tristes de ceux qui aiment. Il était touché, l'insensible ! S'il se retirait, sitôt soupé, dans son écurie, ce n'était point pour dormir, non-da ! mais pour rêver en paix de sa douce.., à moins que ce ne fût pour la rejoindre sournoisement, à travers la nuit.

Ces commérages des femmes de sa maison agaçaient Renée-Anne, quoi qu'elle fît pour y demeurer indifférente.

— Si pourtant vous parliez d'autre chose ! dit-elle, un soir, avec une irritation mal contenue.

Il ne fut plus question du charrueur ; mais par un revirement singulier, du jour où l'on cessa de s'occuper de lui, il hanta constamment la pensée de la veuve. C'est en vain que les visages nouveaux affluaient à Guernaham, y apportant l'écho des bruits du dehors, la rumeur variée de tous les racontars de la paroisse. Ni l'empressement de tout ce monde, ni les histoires plus ou moins drôles qu'il débitait n'avaient le don de distraire Renée-Anne. Elle souriait aux gens sans les voir, écoutait leurs discours sans les entendre. Elle n'avait plus en tête qu'Emmanuel. Si c'était cependant vrai qu'il aimât ?... Eh ! mon Dieu, n'était-il pas libre !... Oui, mais pourquoi se cacher d'elle, pourquoi lui mentir ? Et, quand elle lui avait demandé de veiller avec elle, bien gentiment, pourquoi ne lui avoir point répondu en toute franchise : « Excuse-moi ; j'ai promis ailleurs » ?

Mentait-il, au fait ? Elle n'eut plus de repos qu'elle ne s'en fût assurée. Une nuit donc, feignant d'avoir omis une communication d'importance à faire au charrueur, elle prit un fanal, gagna l'écurie, qui n'était jamais fermée qu'au loquet, et se coula le long d'un des bat-flancs, jusqu'au lit, sorte de couchette primitive dressée à l'aide de quelques planches, sans autre garniture qu'une couette de balle d'avoine sur un monceau de paille de seigle, avec des mèches de foin, que les râteliers laissaient pendre au-dessus du chevet, en guise de courtines.

Réveillés de leur somnolence par cette lumière inattendue, les chevaux s'ébrouèrent, mais, de remuement d'homme, il n'y en eut point. Le lit était vide et n'avait pas même été défait.

– Le misérable ! Le misérable ! murmura Renée-Anne.

Une douleur aiguë, lancinante, venait de lui traverser le cœur. Elle eut peur de s'abattre là, pour ne se relever plus, et se sauva en courant, suivie du long regard étonné des bêtes. Sur le seuil du manoir, elle s'arrêta, refoula des larmes près de jaillir, et, pour donner le change aux veilleurs, dit d'une voix suffoquée :

– C'est extraordinaire, ce que la bise pique à cette heure !...
J'en ai les paupières bleuies et l'haleine coupée... Il y a certainement de la neige dans le temps...

Elle tombait, en effet, à quinze ou vingt nuits de là, elle
tombait par menus flocons serrés, la neige, en ce morne soir de
décembre où la veuve de Constant Dagorn, sous prétexte de dévotions à remplir, aux approches de la Noël, avait fait mine de
se diriger vers le bourg, vêtue de sa mante de deuil à grande ca-
goule noire, bordée d'un large ruban de satin. Le ciel était bas et
fermé, la terre rigide et d'une pâleur funèbre sous toutes ces
ouates blanches qui pleuvaient. Le porche de la cour franchi,
Renée-Anne, au lieu de s'engager dans l'avenue, se glissa dans
une antique bâtisse effondrée, débris du four banal de Guernaham, aux âges seigneuriaux.

Depuis qu'elle avait eu la preuve de ce qu'elle appelait à
part soi la « trahison » du charrueur, elle avait résolu de péné-
trer le secret de ses fugues nocturnes. Dût l'intempérie achever
de briser sa poitrine si délicate, elle s'était juré de savoir : elle
saurait !... Et voici que, tapie en embuscade derrière le four en
ruine, elle guettait, toute grelottante, le passage de cet homme
détesté. Car elle le détestait, oui ; que dis-je ? elle l'avait en hor-
reur, et c'était bien son intention de le lui crier à la face, pas plus
tard que demain, de le lui crier devant tous et, après, de lui
montrer la porte :

– Retournez d'où vous venez, Emmanuel Prigent. Je sais à
qui vous donnez vos nuits... Sortez ! Ma maison n'est pas faite
pour des débaucheurs de filles, pour des galvaudeux !...

Et, ces injures mêmes lui paraissant trop faibles, elle
s'ingéniait, pour tromper l'attente, à en imaginer de pires encore.

Une ombre se dessina dans l'ombre du porche : c'était lui.
Renée-Anne l'eût reconnu entre vingt autres rien qu'au souple
balancement de sa taille. Elle le laissa prendre quelque avance,

puis s'élança sans bruit sur ses traces. Afin de mieux amortir ses pas dans la neige, elle avait ôté ses socques, ne gardant que ses chaussons feutrés. Il se trouva qu'elle avait dit juste, ce tantôt, en annonçant aux gens de Guernaham qu'elle se rendait au bourg. C'est, en effet, dans cette direction que l'entraînait Emmanuel. Jusqu'à ce qu'il eût atteint la voie charretière qui aboutit à la route vicinale, il marcha vite, en homme qui ne se soucie pas d'être rencontré – si vite que la fermière, forcée de se dissimuler autant que possible dans l'ombre des talus, désespéra presque de le suivre. Heureusement qu'une fois sorti des terres du domaine, il ralentit son allure. Il cheminait sans hâte, maintenant, avec un air de crânerie tranquille, en sifflotant un refrain de chambrée, appris du temps qu'il était soldat. Lorsqu'on fut entré dans Saint-Sauveur, Renée-Anne, à la lueur que projetaient sur la neige les vitres des maisons, s'aperçut qu'il portait à la main un petit paquet noué d'une ficelle, comme en ont les « clercs » paysans, quand ils se rendent aux villes d'études, Tréguier, Plouguernével, ou Saint-Pol.

Cette idée – d'Emmanuel Prigent, déguisé en « clerc » et gagnant le collège, ses livres sous le bras – la fit sourire malgré elle. Des livres, à lui ! Qu'en eût-il fait, le pauvre garçon ? Ne lui avait-il pas confié, naguère, qu'au régiment il était souvent obligé de recourir à des camarades pour déchiffrer les passages douteux des lettres que ses parents lui faisaient écrire par le magister ? C'était même, avant les incidents de cet hiver, une des rares choses qui la fâchaient en lui.

– Quel dommage, lui disait-elle parfois, d'un ton de gronderie amicale –, quel dommage que tu n'aies pas plus de goût à t'instruire ! Je suis sûre que ce n'est pas la capacité qui te manque, mais l'ambition et la volonté.

À quoi il avait coutume de répondre, avec le fatalisme insouciant des hommes de sa race :

– L'instruction, cela n'est bon que pour les maîtres. Renée-Anne.

Eh ! mais, où donc venait-il de disparaître à l'improviste, le charrueur ?... La place de Saint-Sauveur est bordée, d'un côté, par le cimetière au centre duquel s'écrase, parmi les croix des tombes, la lourde toiture de l'église que la neige drapait silencieusement d'un fin suaire d'argent mat. Du côté opposé, deux maisons forment saillie : l'une, grise et basse, avec cette enseigne en lettres noires sur un ruban de chaux blanche : « Au rendez-vous des Lurons, Café, Cidre, Liqueurs », – c'est l'auberge de Jozon Thépaut ; l'autre, massive, ventrue, sans âge et sans style, une clochette de chapelle suspendue à la façade, sous un auvent d'ardoises, – c'est l'école communale.

Le premier mouvement de Renée-Anne fut de jeter un coup d'œil dans l'auberge. Que de stations douloureuses elle avait faites là, devant l'étroite fenêtre aux rideaux de percaline rouge, du temps où, toute jeune épousée, elle tentait de disputer son mari à cette hideuse maîtresse, tueuse des corps et des âmes, l'eau-de-vie !... Deux ou trois consommateurs jouaient aux cartes, autour d'un tapis en loques. Mais celui qu'elle frissonnait déjà d'y trouver n'y était point.

Elle s'enfonça dans la venelle qui sépare les deux bâtiments, poussa une barrière à claire-voie, fit quelques pas dans la cour sablée sur laquelle s'ouvre la résidence de l'instituteur. De nombreuses empreintes de sabots faisaient sentier à travers la neige récente ; les baies des classes découpaient de larges rectangles de lumière jaunâtre sur le sol.

– C'est vrai, songea la veuve, les écoles du soir sont commencées depuis la Toussaint.

Et une exclamation soudaine s'échappa de ses lèvres :

– Serait-il Dieu possible qu'il les fréquentât !...

Incrédule encore, et soulevée néanmoins comme par une force surnaturelle d'allégresse et d'espoir, elle se haussa jusqu'à l'une des grandes baies vitrées... Une douzaine d'adolescents –

des garçonnets du bourg, de jeunes apprentis auxquels s'étaient joints quelques pastoureaux des fermes les plus rapprochées – s'appliquaient, de-ci-de-là, dans la vaste pièce, à écrire sous la dictée du sous-maître dont on voyait la mince silhouette étriquée aller et venir entre les bancs. Le regard de Renée-Anne ne s'arrêta même pas sur eux, attiré tout de suite, par une sorte de magnétisme, vers un groupe de deux personnages qui se tenaient debout contre la muraille du fond, les yeux fixés sur le tableau noir où s'alignaient des colonnes de chiffres. Ils tournaient tous deux le dos à la veuve ; mais, court, râblé, avec ses longues mèches grisonnantes et, sur le sommet du crâne, sa calvitie ronde, en forme de tonsure sacerdotale, l'instituteur n'était pas facile à méconnaître. Et, quant à l'autre, si svelte, avec sa maigreur nerveuse, sa droiture élancée de chêneau de haute futaie, comment Renée-Anne ne l'eût-elle point nommé, ne fût-ce qu'à la façon désinvolte dont il laissait pendre sur l'épaule sa veste en peau de bique, dans une pose noble et simple tout ensemble de saint Jean-Baptiste adulte ?

Il appuyait la craie sur le tableau, d'un geste un peu rude, en énonçant à mi-voix les calculs. Et, brusquement, il parut à Renée-Anne que les signes qu'il traçait agissaient sur elle comme les formules enchantées d'une mystérieuse cabalistique d'amour. Ses derniers scrupules tombèrent, ses dernières velléités de résistance furent vaincues. Pas un instant, elle ne douta qu'Emmanuel n'eût repris le chemin de l'école pour s'élever jusqu'à elle, pour la mériter. Émue aux larmes de ce qu'il y avait de troublant et de fort dans l'hommage secret de cette passion silencieuse, elle s'en revint à pas lents vers le manoir, et, cette fois, ne craignit point de laisser voir aux veilleurs de Guernaham qu'elle avait pleuré.

7

Elle dut s'aliter à la suite de cette équipée. On trembla même pour ses jours : le médecin fut quelque temps sans oser répondre de son salut. Elle seule ne tremblait pas, sûre qu'elle ne mourrait point, qu'elle ne pouvait pas mourir. Un élixir était en elle, plus puissant que toutes les drogues, contre lequel les influences malignes de la fièvre étaient incapables de prévaloir... Au premier duvet qui se montra sur les ramilles des saules, elle était sur pied, et son visage refleurit de couleurs saines qui embaumaient le renouveau.

Aussitôt commença vers Guernaham la procession des tailleurs, émissaires attitrés des accordailles bretonnes. Ils arrivaient, une gaule blanche en main, une guirlande de lierre enroulée autour de leur chapeau. C'étaient des parleurs insinuants et diserts. Chacun d'eux vantait à sa manière les mérites de son client, avec force citations de proverbes et de vers de chansons.

— Il n'y a qu'un Dieu dans le ciel, Renée-Anne ; il n'y a non plus qu'une saison pour l'amour.

La veuve souriait, emplissait de cidre mousseux l'écuelle du messager :

— Dites à celui qui vous envoie que les coucous de Guernaham n'ont pas encore chanté. Plus tard, nous verrons.

Ils s'en allaient, mi-grognons, mi-contents.

L'été vint et, avec lui, l'anniversaire du trépas de Dagorn. Ces commémorations funèbres sont, en Bretagne, l'occasion d'agapes solennelles auxquelles il est d'usage de convoquer, non seulement la parenté, mais toutes les personnes qui sont en relations d'amitié ou d'affaires avec la famille du défunt. Un joli

matin d'août, pommelé de roses et de lilas, la cour de Guernaham offrit le spectacle d'un champ de foire, couvert de tilburys
et de chars à bancs, les brancards en l'air, les chevaux abandonnés à la libre pâture dans les luzernes et les trèfles d'alentour. La
grange, transformée en salle de festin, avait peine à contenir les
cent cinquante invités qui s'étaient rendus à l'appel de Renée-
Anne.

Tout ce monde mangeait ferme et buvait de même. En pareille occurrence, c'est une obligation, un devoir de piété envers
le mort. Sur la fin du repas, des servantes entrèrent, qui apportaient de l'hydromel, dans les jarres. Alors, le vieux Guyomar,
qui trônait au haut bout de la table, se leva et fit le signe de la
croix. Tous les assistants l'imitèrent, en silence.

– *De profundis ad te clamavi...*

Il débita tout le psaume avec une espèce de majesté biblique, puis, quand les convives eurent donné les derniers répons :

– Renée-Anne, dit-il, maintenant que l'âme de Constant
Dagorn est en paix, je t'adjure de rompre ton veuvage. Demande
à ceux qui sont ici présents : tu aurais tort de t'obstiner dans le
deuil ; il n'est pas bon que la place du maître demeure plus longtemps vacante à Guernaham.

La jeune femme articula d'une voix claire :

– Je n'attendais que ce moment pour vous faire connaître
publiquement mon choix.

Elle plongea son verre dans une des jarres d'hydromel et,
après l'avoir approché de ses lèvres, elle marcha devant elle, à
travers la grange... Ils étaient tous là, les prétendants riches qui
recherchaient sa main, et, parmi eux, Menguy lui-même,
l'homme de la montagne, le fils aîné de Rozviliou. Elle ne fit
mine de le voir, ni lui, ni les autres, alla droit vers le charrueur,

debout à l'extrémité opposée, dans le groupe des domestiques. Il était blême ; ses paupières battaient.

– Veux-tu boire après moi ? prononça-t-elle en lui tendant le verre.

Il le saisit d'un geste convulsif, le vida d'un trait et, l'ayant retourné, en laissa tomber, comme par manière de libation, la dernière goutte sur le sol. Telles furent les fiançailles de Renée-Anne Guyomar et d'Emmanuel Prigent.